Bleak Volume 2 est édité par
Link Digital Spirit
7, rue des Caillots 93100 Montreuil/France

Scénaristes : Squeezie, Guillaume Natas, Théodore Bonnet
Dessinateurs :
Premier Job : Geoffrey Champin
L'Anniversaire : Arsène Lecuire
Le Grenier : Anne-Clotilde Jammes, Vladimir Roszak, Dan Vignes
Directeur de collection : Brice N'Guessan
Directeur de publication : Laurent Guillemain
Couverture : Geoffrey Champin
Maquette : Guillaume Ries
Relecture : Olivier Charlot, Viviane Fitas, Bruno Levesque

Imprimé en France par
Pollina
Zi de Chasnais
85407 Lucon Cedex
France

Achevé d'imprimer en février 2023
Dépôt légal : avril 2023
ISBN : 978-2-494705-00-5

SQUEEZIE PRÉSENTE

BLEAK

VOLUME 2

SCÉNARIOS
Squeezie, Guillaume Natas, Théodore Bonnet

DESSIN/COULEUR
Geoffrey Champin, Arsène Lecuire, Anne-Clotilde Jammes,
Vladimir Roszak, Dan Vignes

3 HISTOIRES D'HORREUR

Premier Job

DESSINATEUR : GEOFFREY CHAMPIN

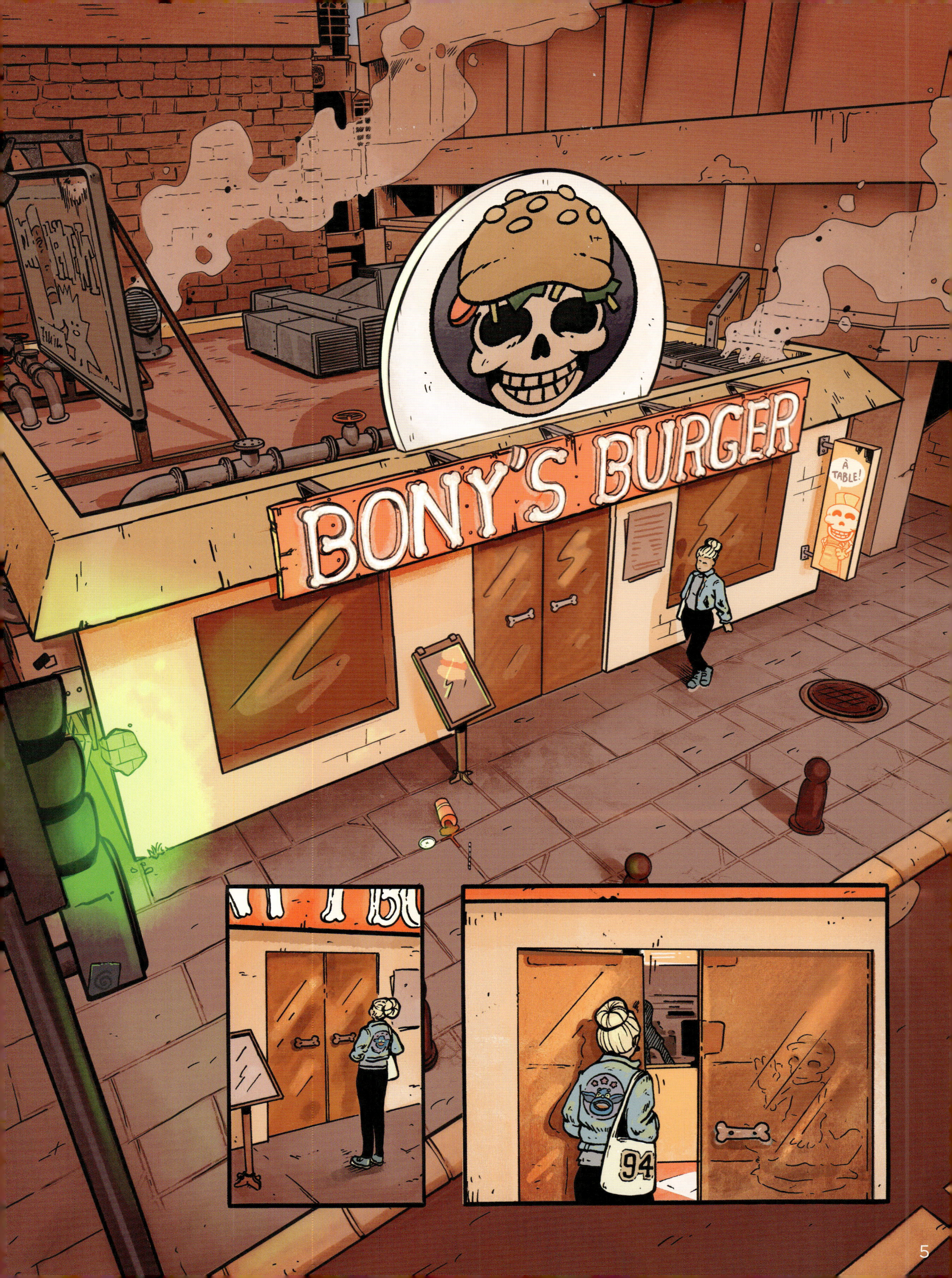
BONY'S BURGER
À TABLE!
94

JULIE ?
T'ES LA NOUVELLE ?
BIENVENUE CHEZ BONY'S !
ÇA VA ?
SALUT !
JE SUIS UN PEU STRESSÉE. C'EST MON PREMIER JOB ET J'AI JAMAIS FAIT UN BURGER DE MA VIE !
T'INQUIÈTE, JE VAIS TE MONTRER TOUT ÇA.
MAIS AVANT, TU DOIS CHECKER BONY !
HEIN... ?
C'EST UNE TRADITION ICI.
QUAND ON ENTRE DANS LE RESTAURANT, ON CHECKE BONY.

ON CHECKE... LA STATUE, LÀ ?
OUI, C'EST SUPER IMPORTANT.
AH PAS DE SOUCIS, DEMAIN J'OUBLIERAI PAS.
HEU, NON ...
EN FAIT... IL FAUDRAIT QUE TU LE FASSES MAINTENANT.
DÉMARRAGE

CHECK
BON !
J'AI PLEIN DE CHOSES À TE MONTRER AVANT L'ARRIVÉE DES PREMIERS CLIENTS.
DÉJÀ, TON UNIFORME. SUIS-MOI.
ATTENTION

VOILÀ LES CASIERS !
ET ICI C'EST LE TIEN, JE T'AI MIS UNE ÉTIQUETTE.
JULIE
TOUT EST DEDANS.
JE TE LAISSE TE CHANGER. RENDEZ-VOUS DANS LA CUISINE, DEVANT LES FRITEUSES !
FERME BIEN TON CASIER, BONY N'EST PAS RESPONSABLE SI TU TE FAIS VOLER !
BB

KLANG
AUJOURD'HUI, TU VAS JUSTE T'OCCUPER DES FRITES.
OK... J'EN FAIS SOUVENT À MA PETITE SŒUR, ÇA DEVRAIT ALLER !
wip wip
BONY

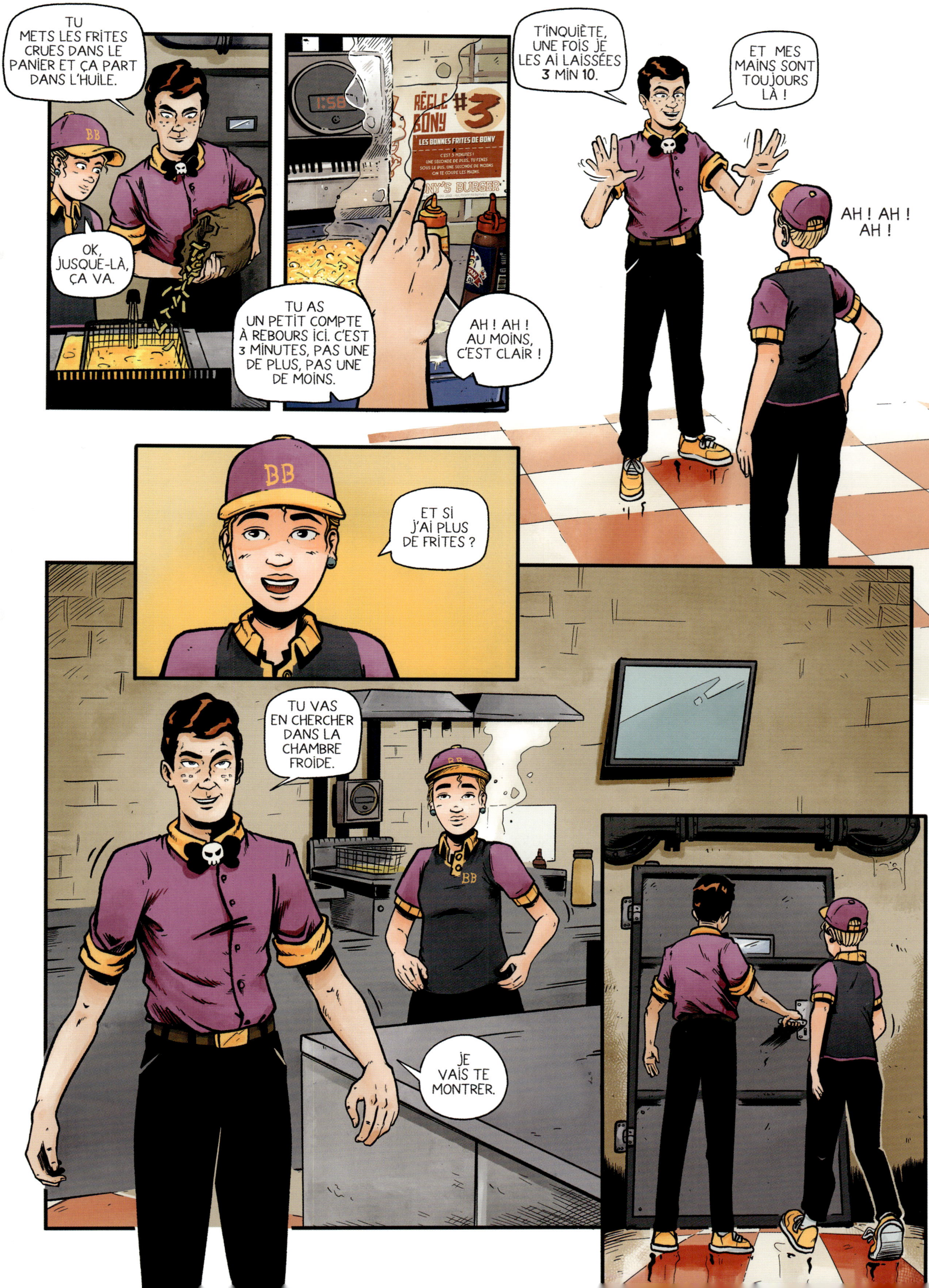
TU METS LES FRITES CRUES DANS LE PANIER ET ÇA PART DANS L'HUILE.
OK, JUSQUE-LÀ, ÇA VA.
1:58
RÈGLE BONY #3
LES BONNES FRITES DE BONY
C'EST 3 MINUTES ! UNE SECONDE DE PLUS, TU FINIS SOUS LE BUS, UNE SECONDE DE MOINS ON TE COUPE LES MAINS.
TU AS UN PETIT COMPTE À REBOURS ICI. C'EST 3 MINUTES, PAS UNE DE PLUS, PAS UNE DE MOINS.
AH ! AH ! AU MOINS, C'EST CLAIR !
T'INQUIÈTE, UNE FOIS JE LES AI LAISSÉES **3 MIN 10.**
ET MES MAINS SONT TOUJOURS LÀ !
AH ! AH ! AH !
ET SI J'AI PLUS DE FRITES ?
TU VAS EN CHERCHER DANS LA CHAMBRE FROIDE.
JE VAIS TE MONTRER.

RÈGLE BONY #1
CHEZ BONY'S, FAUT PAS GÂCHER POUR PAS SE FAIRE RENVOYER !
BONY'S BURGER
BONY SPECIAL
OK DONC ICI Y A TOUT.
OUI, MAIS TU DOIS PRENDRE SEULEMENT CE DONT TU AS BESOIN, PAS PLUS.
ALLEZ GO ! VA TE METTRE EN PLACE !
KSHH KSHH
T'AS ÉTÉ SUPER. SI TU CONTINUES COMME ÇA, TU SERAS PEUT-ÊTRE UN JOUR, LA "BONY'S BEST FRIEND".
C'EST QUOI ÇA ENCORE ?
SWIP SWIP

C'EST LE NOM QU'ON DONNE À L'EMPLOYÉ DU MOIS. SI C'EST TOI, TU ES DISPENSÉE DE MÉNAGE, TU GAGNES UNE PETITE PRIME, ET TA FAMILLE PEUT VENIR MANGER GRATUITEMENT AU RESTAURANT
TU AS AUSSI UN CADEAU SURPRISE.
C'EST COOL ÇA !
OUI, C'EST POUR NOUS MOTIVER. ON FAIT DES TÂCHES RÉPÉTITIVES ICI, DONC ÇA NOUS INCITE À NOUS APPLIQUER.
ALLEZ, C'EST BON POUR AUJOURD'HUI. RENTRE CHEZ TOI ET DEMAIN ON PASSE AUX BURGERS !
LES MEILLEURS DE LA VILLE. J'ESPÈRE ÊTRE À LA HAUTEUR !

BONY'S BURGER
COUCOU !
TOUT S'EST BIEN PASSÉ MON CHAT ?

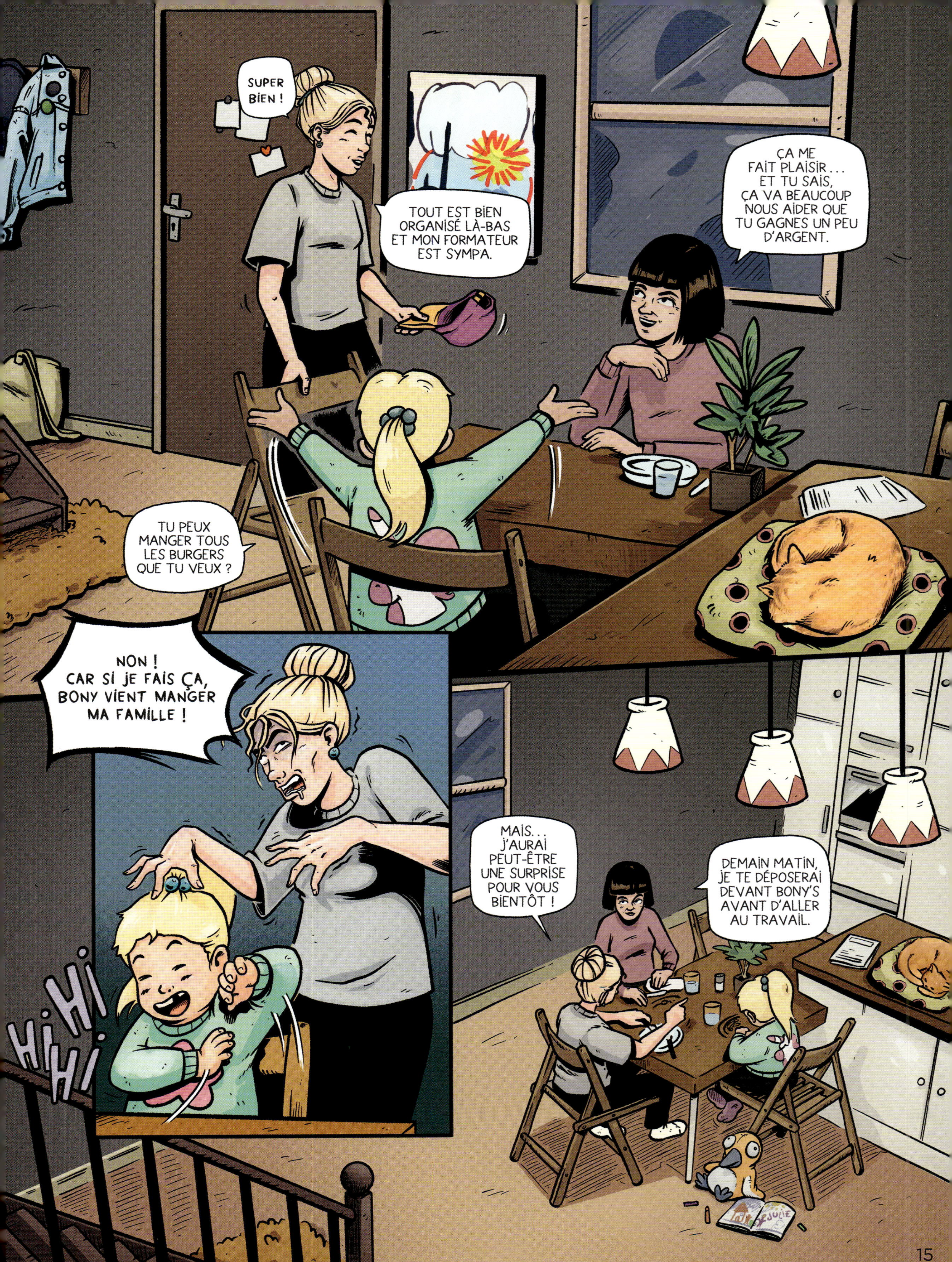
SUPER BIEN !
TOUT EST BIEN ORGANISÉ LÀ-BAS ET MON FORMATEUR EST SYMPA.
ÇA ME FAIT PLAISIR... ET TU SAIS, ÇA VA BEAUCOUP NOUS AIDER QUE TU GAGNES UN PEU D'ARGENT.
TU PEUX MANGER TOUS LES BURGERS QUE TU VEUX ?
NON ! CAR SI JE FAIS ÇA, BONY VIENT MANGER MA FAMILLE !
HIHIHIHI
MAIS... J'AURAI PEUT-ÊTRE UNE SURPRISE POUR VOUS BIENTÔT !
DEMAIN MATIN, JE TE DÉPOSERAI DEVANT BONY'S AVANT D'ALLER AU TRAVAIL.

23:23
BB

BONY'S BURGER

CLAK
BON, AUJOURD'HUI, ON VA PRÉPARER LA VIANDE POUR LES BURGERS !
VOILÀ CE QUI FAIT LE SUCCÈS DE BONY.
LE BONY'S SPECIAL!
SPÉCIAL
BONY SPÉCIAL
BAM
BAM
C'EST L'INGRÉDIENT SECRET QUE TU DOIS MÉLANGER AVEC NOTRE DÉLICIEUSE VIANDE ...
10%
90%
NEUF DOSES DE VIANDE ET UNE DOSE DE BONY'S SPECIAL ! LES CLIENTS VONT SE RÉGALER !
... SELON LA RÈGLE.
ÉCIAL
BONY SP
ET DU COUP Y A QUOI DANS LE BONY'S SPECIAL ?

JE PARIE QUE C'EST DU BOEUF DE KOBE OU UN TRUC COMME ÇA !
À MOINS QUE CE SOIT VÉGÉTARIEN ?
C'EST 100% VÉGÉTARIEN ! MAIS ON EN SAIT PAS PLUS.
BONY'S BEST FRIEND
AH ÇA... C'EST LE SECRET LE MIEUX GARDÉ DE BONY'S...
ON SE MÉFIE BEAUCOUP DES CONCURRENTS.
ALLEZ, LE SERVICE COMMENCE DANS 5 MIN. CÉLINE, TU TE METS AUX BURGERS AVEC JULIE ET TU LUI MONTRES COMMENT ON FAIT.
SANS PROBLÈME !
MOI JE PRÉPARE LA VIANDE, ET TOI T'ASSEMBLES LES BURGERS ?
ALLEZ !
ET DANS 30 MINUTES, ON ÉCHANGE.
LÀ, TU AS LE NEW BONY.
NEW BONY
STEAKS X2
FROMAGE X2
TOMATE X1
SALADE X1
SAUCE "CREAMY BONY"
COMMANDE ESP 094
DEUX STEAKS, DEUX TRANCHES DE FROMAGE ET UNE TOMATE, UNE FEUILLE DE SALADE ET LA SAUCE "CREAMY BONY".
OK ! JE VAIS ESSAYER DE RETENIR TOUT ÇA.

BONY
JE SUIS À COURT DE BONY'S SPÉCIAL !
VA EN CHERCHER DANS LA CHAMBRE FROIDE. VITE, VITE, C'EST LE RUSH !
BONY
CHEZ BONY'S, FAUT PAS GÂCHER POUR PAS SE FAIRE RENVOYER !
BONY'S BURGER
BONY SPECIA
WIP WIP
PLOP
BONY'S BEST FRIEND
PECIAL
CIAL

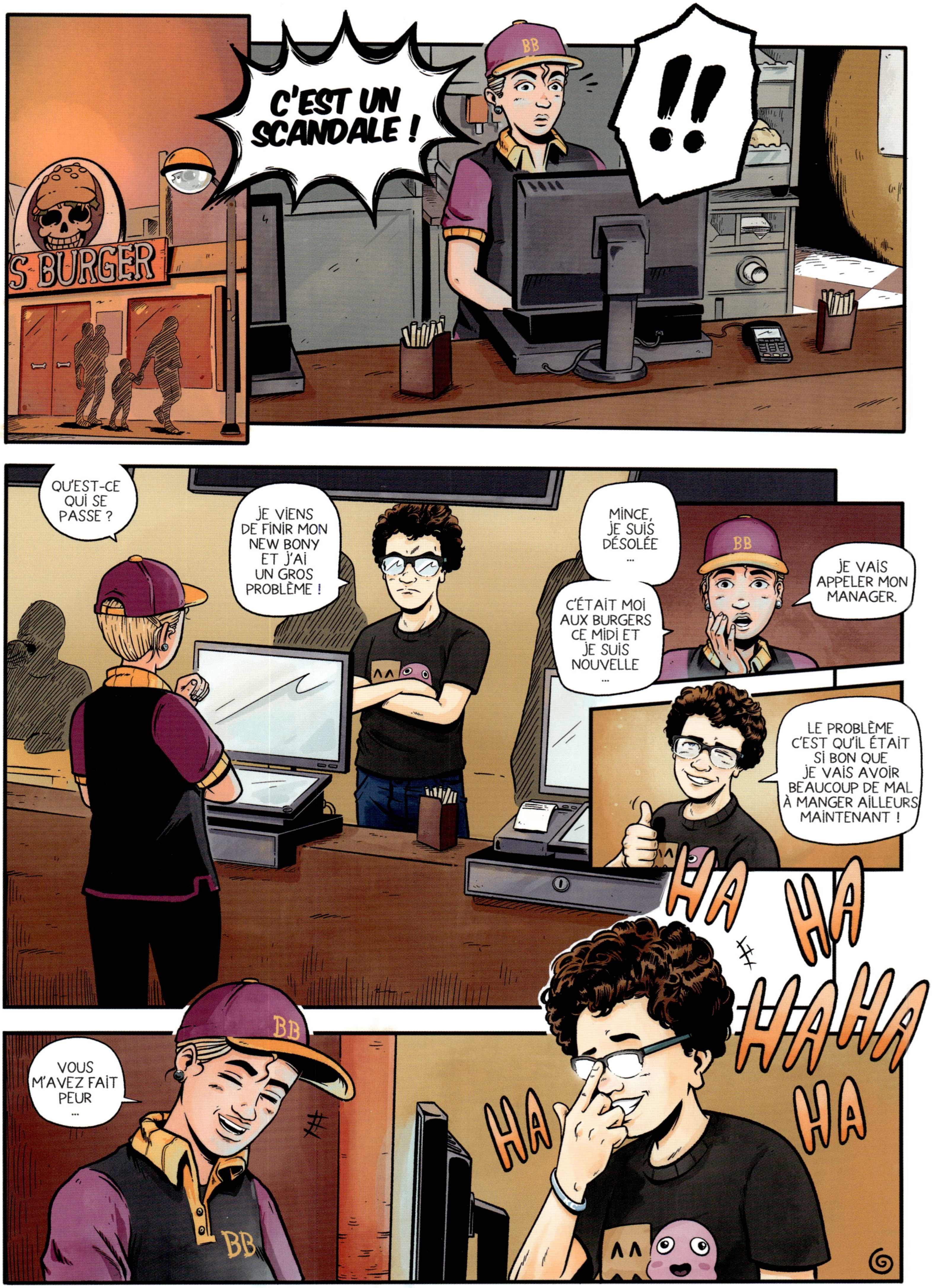
S BURGER
C'EST UN SCANDALE !
!!
QU'EST-CE QUI SE PASSE ?
JE VIENS DE FINIR MON NEW BONY ET J'AI UN GROS PROBLÈME !
MINCE, JE SUIS DÉSOLÉE …
C'ÉTAIT MOI AUX BURGERS CE MIDI ET JE SUIS NOUVELLE …
JE VAIS APPELER MON MANAGER.
LE PROBLÈME C'EST QU'IL ÉTAIT SI BON QUE JE VAIS AVOIR BEAUCOUP DE MAL À MANGER AILLEURS MAINTENANT !
HA HA HAHA HA HA
VOUS M'AVEZ FAIT PEUR …

BONY SPECIA
...TOUJOURS AUCUNE NOUVELLE DE SARAH LAFEUILLE, DISPARUE DEPUIS BIENTOT UN MOIS...
BLEAK NEWS
CONTACTEZ LE : +2-280-320-2300
Swip Swip
BONY SPECIA
CHECK

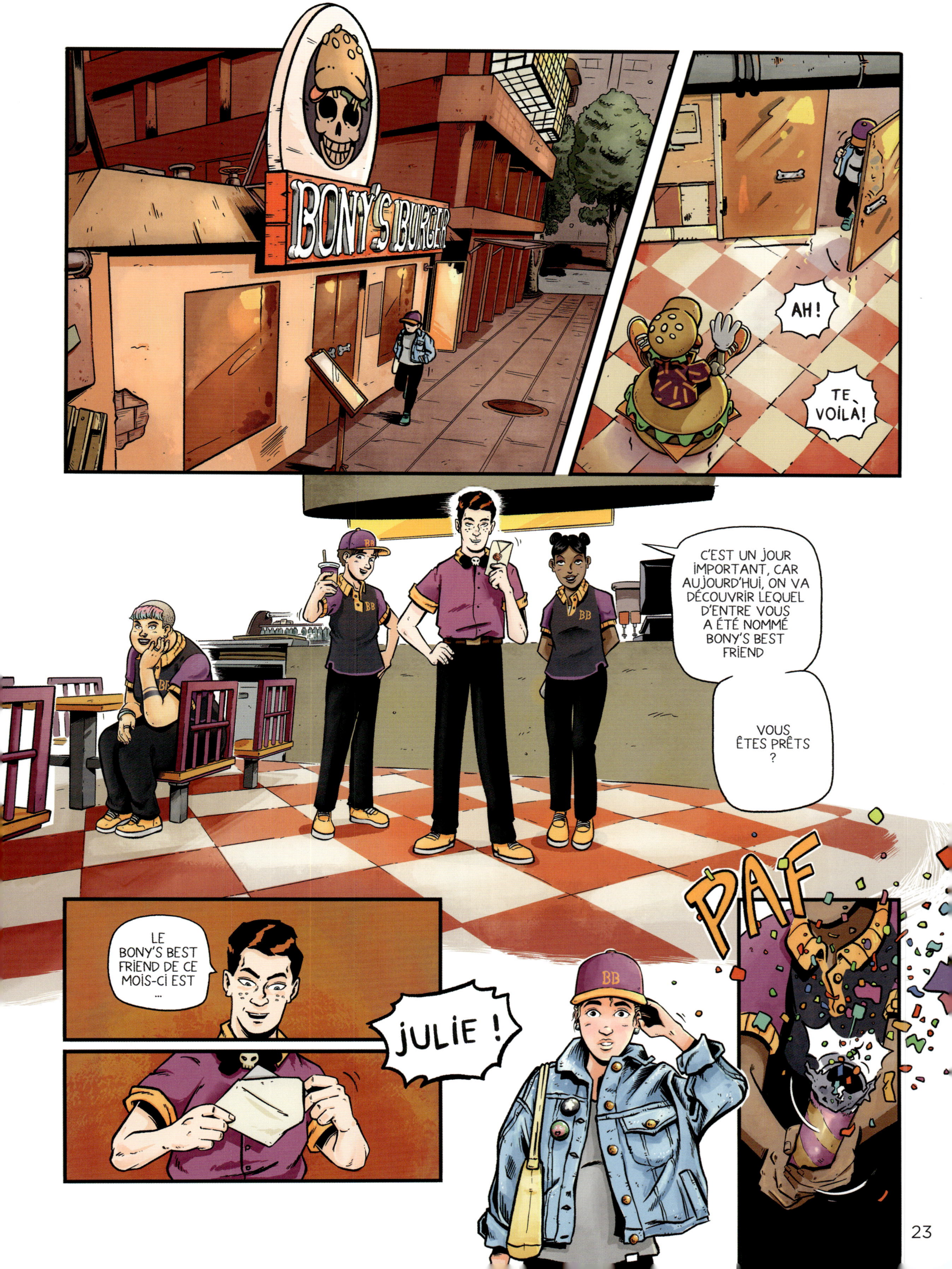
BONY'S BURGER
AH !
TE VOILÀ !
C'EST UN JOUR IMPORTANT, CAR AUJOURD'HUI, ON VA DÉCOUVRIR LEQUEL D'ENTRE VOUS A ÉTÉ NOMMÉ BONY'S BEST FRIEND
VOUS ÊTES PRÊTS ?
LE BONY'S BEST FRIEND DE CE MOIS-CI EST ...
JULIE !
PAF

BRAVO !
POUR UNE NOUVELLE, C'EST TRÈS FORT.
BRAVO !
C'EST LE MOMENT DE LA SURPRISE !
EH OUI, EN PLUS DU RESTE TU AS UN CADEAU SURPRISE ...
...QUE TU TROUVERAS EN BAS JUSTE À CÔTÉ DU VESTIAIRE.
J'IRAI VOIR TOUT À L'HEURE. ON A DU BOULOT AVANT LE SERVICE.
AH NON ... VA VOIR MAINTENANT. TU VAS ADORER.
BONY'S BEST FRIEND

!!
BONY SPEC

QU'EST-CE QUE ...

BONY'S BURGER
BONJOUR, MONSIEUR ...
... MA FILLE TRAVAILLE ICI ET N'EST PAS RENTRÉE HIER SOIR. EST-CE QU'ELLE EST LÀ AUJOURD'HUI ?

NUTS & TOM'S
VOUS ÊTES LA MAMAN DE JULIE ? ELLE EST PARTIE EN FORMATION POUR DEVENIR MANAGER. ELLE NE VOUS A PAS PRÉVENUE ?
ELLE A SÛREMENT VOULU NOUS FAIRE UNE SURPRISE.
MAIS VOUS SAVEZ QUE VOUS AVEZ DROIT À UN REPAS OFFERT ?
CAR VOTRE FILLE EST LA BONY'S BEST FRIEND CE MOIS-CI !
VRAIMENT ? C'EST... TRÈS GENTIL.
ALLEZ VOUS INSTALLER.
JE VOUS APPORTE UN DOUBLE BONY'S !

LES BONNES FRITES DE BONY
C'EST 3 MINUTES !
UNE SECONDE DE PLUS, TU FINIS SOUS LE BUS, UNE SECONDE DE MOINS ON TE COUPE LES MAINS.
BONY'S BURGE

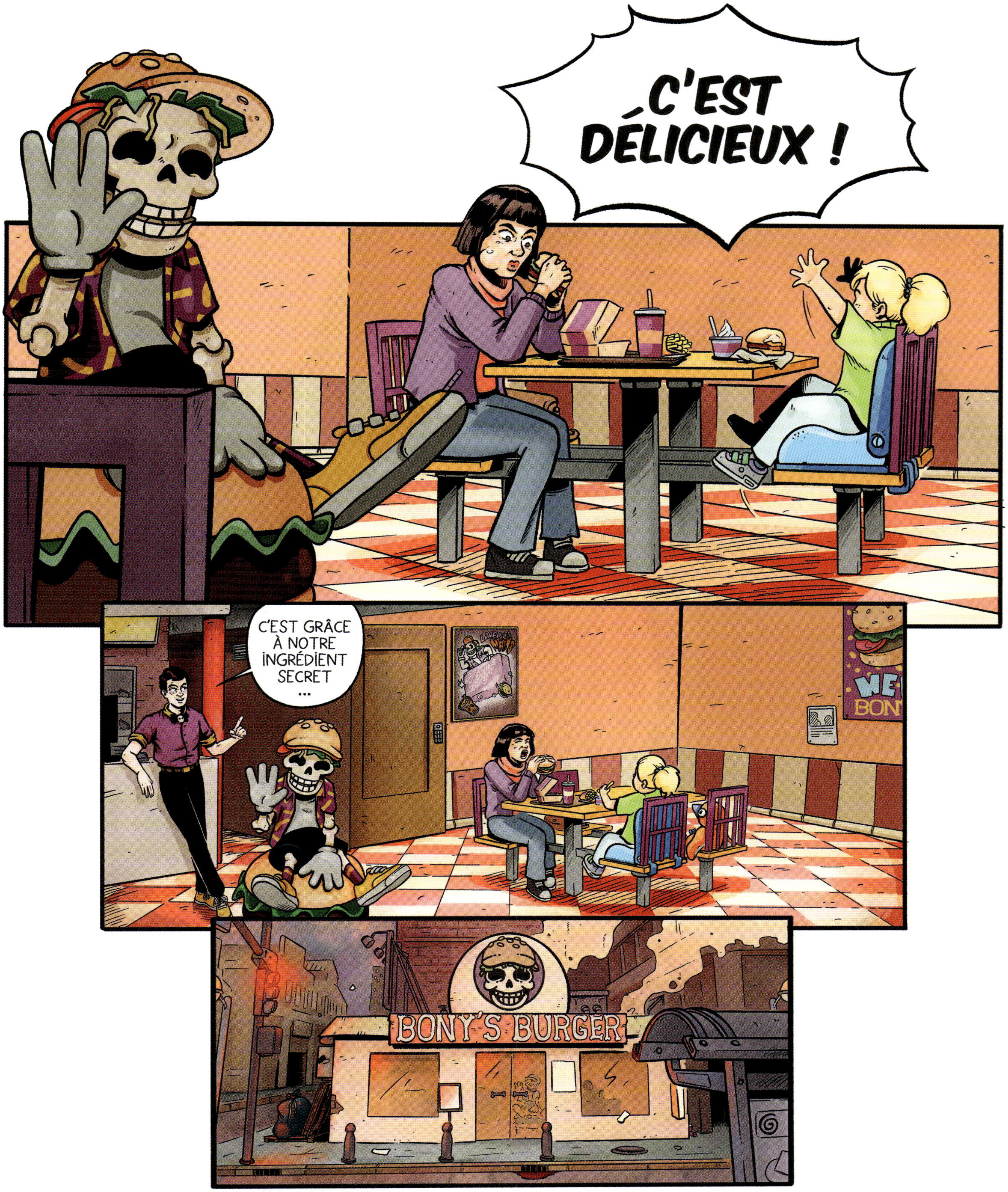
C'EST DÉLICIEUX !
C'EST GRÂCE À NOTRE INGRÉDIENT SECRET ...
BONY'S BURGER

L'Anniversaire

DESSINATEUR : ARSÈNE LECUIRE

Éva ♥
Nouveau Msg
Joyeux Anniversaire mon amour ! Je t'ai préparé une journée que tu n'oublieras jamais. Rendez-vous au Craven à midi, j'ai réservé une table. ♥
JOYEUX ANNIVERSAIRE MON CHÉRI !

ON A UN CADEAU POUR T...
MERCI BEAUCOUP, MAIS LÀ J'AI PAS LE TEMPS POUR ÇA.
ÉVA M'ATTEND !
À CE SOIR, OU PEUT-ÊTRE DEMAIN. JE SAIS PAS QUAND JE RENTRE !
CRAVEN
BONJOUR ! EST-CE QUE VOUS AVEZ UNE RÉSERVATION AU NOM... D'ÉVA ?
BONJOUR MONSIEUR ! TOUT À FAIT. VOUS ÊTES LE PREMIER. SUIVEZ-MOI.
JOYEUX ANNI
!!
Prêt pour l'anniversaire le plus incroyab
de ta vie ?
Éva
Tom
Lola
HONK !
?

GREGORY
J'IMAGINE QUE C'EST POUR LA SURPRISE !
OK...
CLAC !

BLEAK

HEU...
12 : 08
Eva
Encore quelques mètres, ta surprise est au bout du chemin.
Reader Bleak
!!

JOYEUX ANNIVERSAIRE
GREGORY !!

BAR
POP CORN

LES AMIS... C'EST L'HEURE DU GRAND CACHE-CACHE.
ON VA TOUS SE CACHER ET GREGORY NOUS CHERCHE ? ET QUAND IL NOUS AURA TOUS TROUVÉS, ON IRA VOIR L'ARBRE DES SOUVENIRS.
J'AI QUELQUES CACHETTES D'AVANCE !
L'ARBRE DES SOUVENIRS ?
TU VERRAS ! COMPTE JUSQU'À TRENTE.
OK !
1
2
... TRENTE !

TROUVÉ !
ME DIS PAS QUE JE SUIS LE PREMIER ???
EH SI... DÉSOLÉ ! ALLEZ MEC, DEHORS. ON SE RETROUVE AU PIED DE L'ARBRE !
TROUVÉ !
TROUVÉE !
TROUVÉE !
TROUVÉE !

CHAMBRE
FROIDE
TROUVÉES !!
HEU...
LES FILLES ?

BOUH !!!
AHH ! PUTAIN !
VOUS M'AVEZ FAIT PEUR ...
MERDE !
FAIT CHIER ...
?

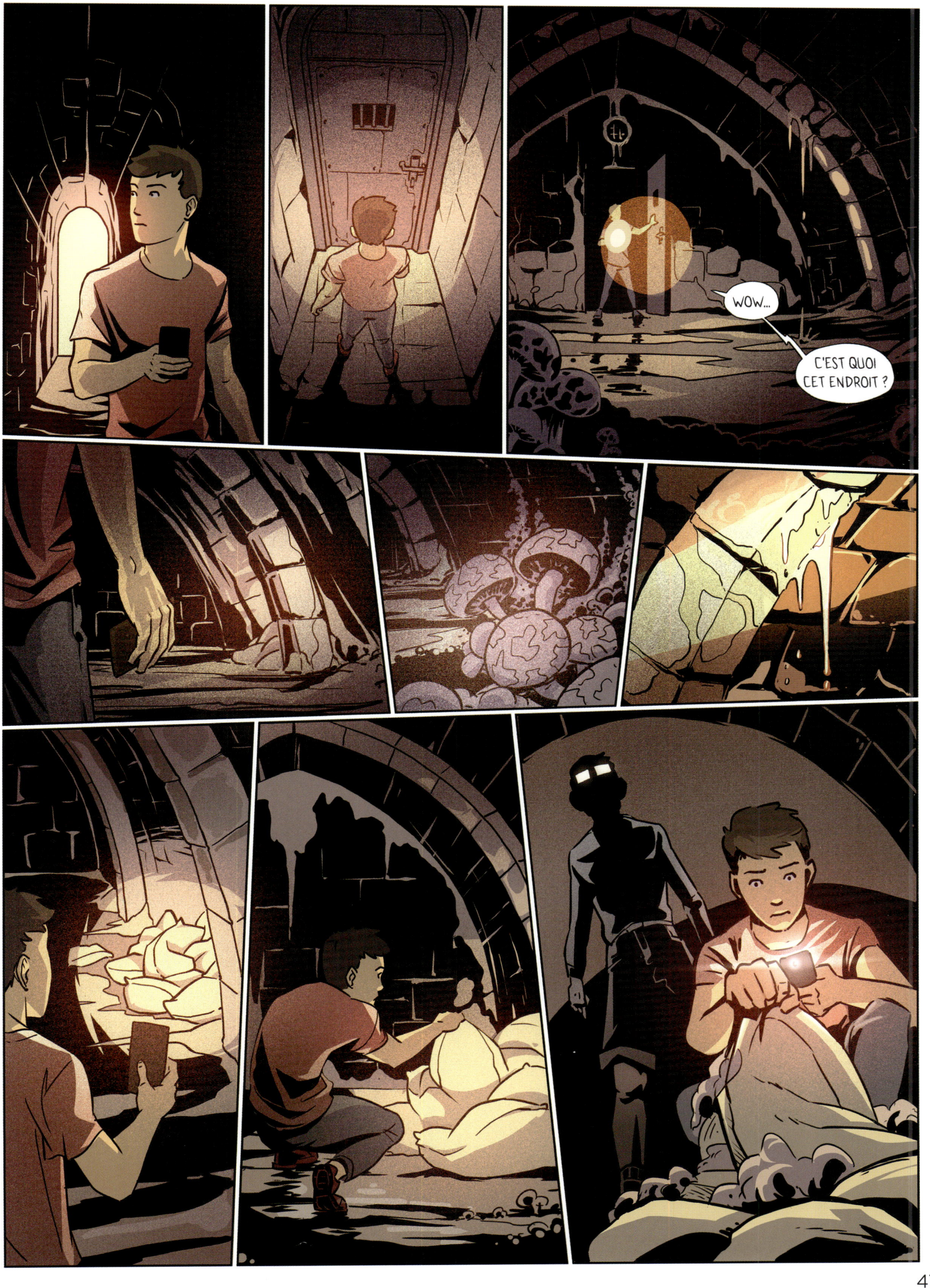
WOW...
C'EST QUOI CET ENDROIT ?

CLIC
BRAVO ! TU M'AS TROUVÉ !
ALORS LÀ BIEN JOUÉ, JE PENSAIS PAS QUE QUELQU'UN S'AVENTURERAIT JUSQU'ICI.
T'ÉTAIS LE DERNIER !
ALLEZ, ON REMONTE ! TOUT LE MONDE DOIT NOUS ATTENDRE.
ATTENDS... ON EST OÙ LÀ ?
C'EST LA CHAMBRE D'AMI, BIENVENUE !
C'EST UNE PRISON, OUAIS...
TU CROIS PAS SI BIEN DIRE ! MAIS PERSONNE N'A JAMAIS ÉTÉ ENFERMÉ ICI.
FAUDRAIT QUE JE METTE ÇA SUR AIRBNB...
IL Y A TOUT CE QU'IL FAUT POUR Y VIVRE !
L'EAU COURANTE.
DE QUOI MANGER.
ET MÊME DES TOILETTES, HAHA ! JE VENAIS SOUVENT ME CACHER ICI QUAND J'ÉTAIS PETIT.

ET C'EST CALME...
OUAIS ! ON NE PERÇOIT AUCUN BRUIT DE L'EXTÉRIEUR ET PERSONNE NE NOUS ENTEND.
QUEL KIFF.
BON ON REMONTE, LES AUTRES NOUS ATTENDENT !
GREGORY ...
VOICI L'ARBRE À SOUVENIRS.

CHACUN D'ENTRE NOUS A ÉCRIT SUR UN PETIT PAPIER UNE HISTOIRE QUI LUI EST ARRIVÉE AVEC TOI.
PRENDS-EN UN ET LIS-LE !
"LE JOUR OÙ TU M'AS ENFERMÉ DANS LES TOILETTES PENDANT UNE HEURE QUAND ON AVAIT HUIT ANS"
OK JE SAIS QUI L'A ÉCRIT !
C'EST NICOLAS ! ON RIGOLAIT BIEN !
"QUAND TU M'AS ENVOYÉ À L'HÔPITAL PARCE QUE TU TROUVAIS DRÔLE DE CACHER MES MÉDICAMENTS."
STÉPHANE, JE SAVAIS PAS QU'ILS ÉTAIENT SI IMPORTANTS...
"QUAND TU ES PARTI AVEC MES AFFAIRES À LA PISCINE ET QUE J'AI DÛ RENTRER CHEZ MOI EN MAILLOT."
C'ÉTAIT EN PLEIN HIVER...
MAIS LOLA.
C'ÉTAIT JUSTE POUR RIRE...
PRENDS UN AUTRE PAPIER...

"Cette fois où tu m'as mis un coup de tondeuse dans les cheveux pendant qu'on dormait
T'ES UNE MERDE GREGORY... TU LE SAIS TRÈS BIEN.
THOMAS... ON AVAIT DOUZE ANS.
...ON EST DEVENU AMIS DEPUIS.
TU NOUS AS TOUS FAIT DU MAL GREGORY.
QUAND TU AS HUMILIÉ MA SŒUR...
... EN DIFFUSANT DES PHOTOS VOLÉES.
ÉVA, MON AMOUR... TOI AUSSI TU... VOUS AVEZ MONTÉ ÇA...
NON... JE...
ON FAIT COMME ON A DIT.
CHOPEZ-LE !

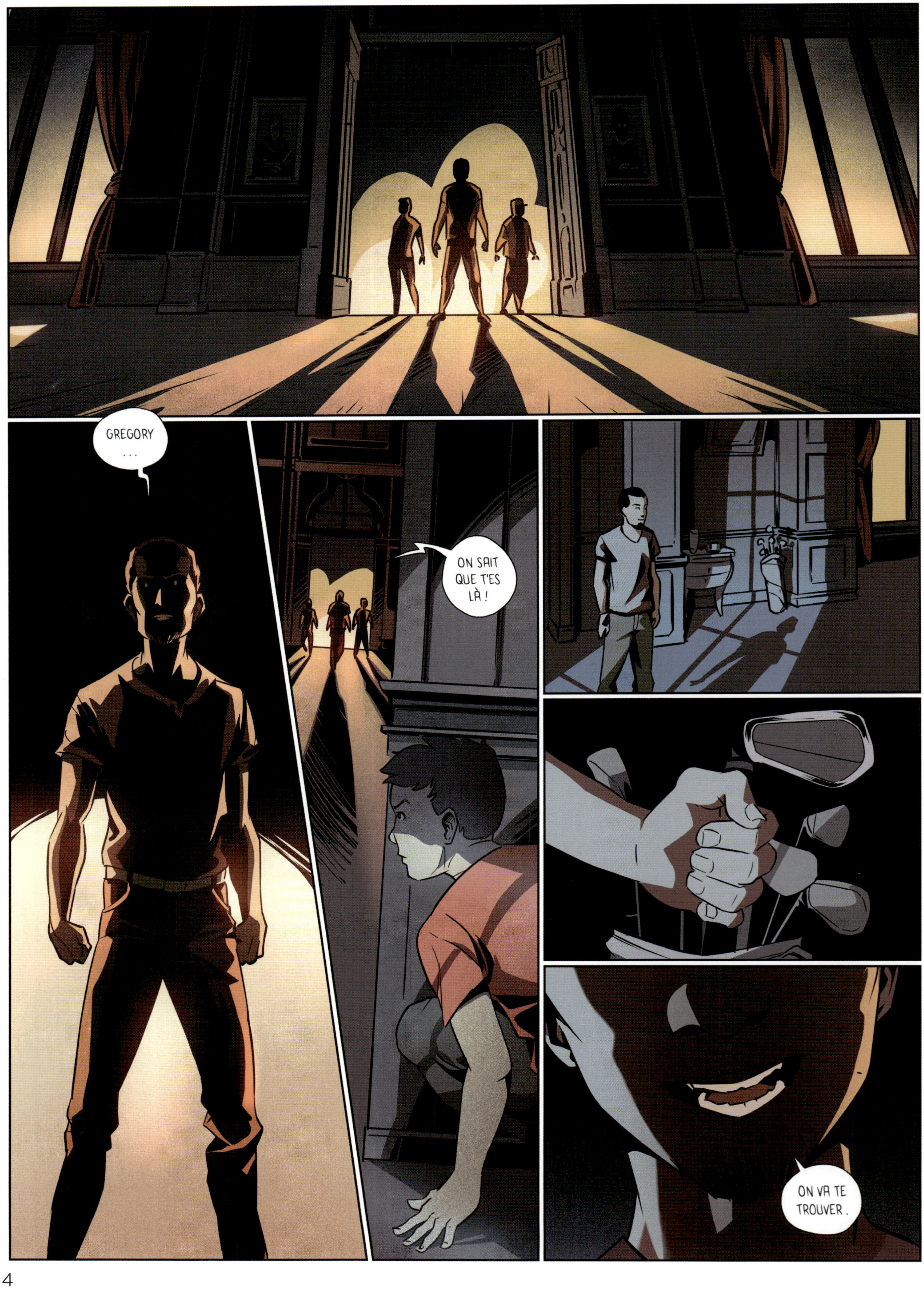
GREGORY . . .
ON SAIT QUE T'ES LÀ !
ON VA TE TROUVER .

MERDE, MERDE, MERDE !
OK..
DOUCEMENT...
CLAC!
IL EST LÀ !!

ET MERDE !
CRASH
IL EST OÙ ??
IL A DÛ FUIR VERS LES BOIS !
GREGORY ?
?!
C'EST MOI !
VIENS, ON SE CASSE... ON PREND MA VOITURE.
JE SUIS DÉSOLÉE, ÇA NE DEVAIT PAS SE PASSER COMME ÇA.
VITE, VITE !
PUTAIN, ÉVA ...
JE COMPRENDS PAS... TOUS LES PAPIERS LÀ... SÉRIEUX, C'EST PAS SI GRAVE.

ILS M'ONT VRAIMENT FAIT FLIPPER. TOUTE CETTE MISE EN SCÈNE, LÀ... C'EST DES MALADES.
MAIS T'ÉTAIS AU COURANT POUR LES PAPIERS DANS L'ARBRE ?
AH... LES PAPIERS.
T'AS MÊME PAS LU LE MIEN.
!!
Ce jour où je suis rentrée plus tôt pour te faire une surprise...
Et que je t'ai vu au lit avec me meilleure amie.
T'ÉTAIS LÀ QUAND...

6 MOIS PLUS TARD.
ON VA À LA CAVE ?
ON N'A PAS LE DROIT.
JE M'EN FICHE. J'Y VAIS.
T'AS PEUR C'EST TOUT.
...
ATTENDS-MOI !

IL EST PAS LÀ. ON RISQUE RIEN.
ONCLE ROBERT M'A INTERDIT DE DESCENDRE.
VIENS VOIR, FAUT QUE JE TE MONTRE UN TRUC !
REGARDE !
?
C'EST QUOI...?
UN PASSAGE SECRET HANTÉ ! ONCLE ROBERT L'A MURÉ...
POUR PROTÉGER LA FAMILLE D'UN FANTÔME HYPER DANGEREUX... JE L'AI ENTENDU UNE FOIS EN VENANT ICI.
IL FAIT QUE PLEURER, MAIS UNE FOIS IL M'A PARLÉ.
IL DISAIT QUOI ?
IL DISAIT "PARDONNEZ-MOI, LES AMIS"

Le grenier

DESSINATEURS : ANNE-CLOTILDE JAMMES, VLADIMIR ROSZAK, DAN VIGNES

SI JE METS LE LIT ICI...
JE PEUX DÉPLACER MON BUREAU ET MON ARMOIRE...
SIMON !
J'AI BESOIN DE TOI POUR BOUGER DES TRUCS DANS MA CHAMBRE.

TU SAVAIS QU'ON AVAIT UN GRENIER ? POURQUOI PAPA ET MAMAN NOUS ONT JAMAIS PARLÉ DU GRENIER ?
POUR MOI C'ÉTAIT JUSTE DES COMBLES PLEINS D'AMIANTE...

WOW

C'EST QUOI TOUS CES TRUCS ?
JE PENSE QUE C'ÉTAIENT LES AFFAIRES DES ANCIENS PROPRIÉTAIRES...
2007...
HÉ, REGARDE ÇA

TU CROIS QU'IL Y A DE L'ARGENT DEDANS ?
J'EN SAIS RI...
LES ENFANTS, À TABLE!
ON LEUR PARLE DU GRENIER ?
ON LEUR PARLE DE RIEN DU TOUT !
ON VA SE FAIRE DÉFONCER QUAND ILS VONT VOIR QU'ON A DÉTRUIT LE PAPIER PEINT...
ON Y RETOURNE DEMAIN, SINON ON VA SE FAIRE CRAMER.

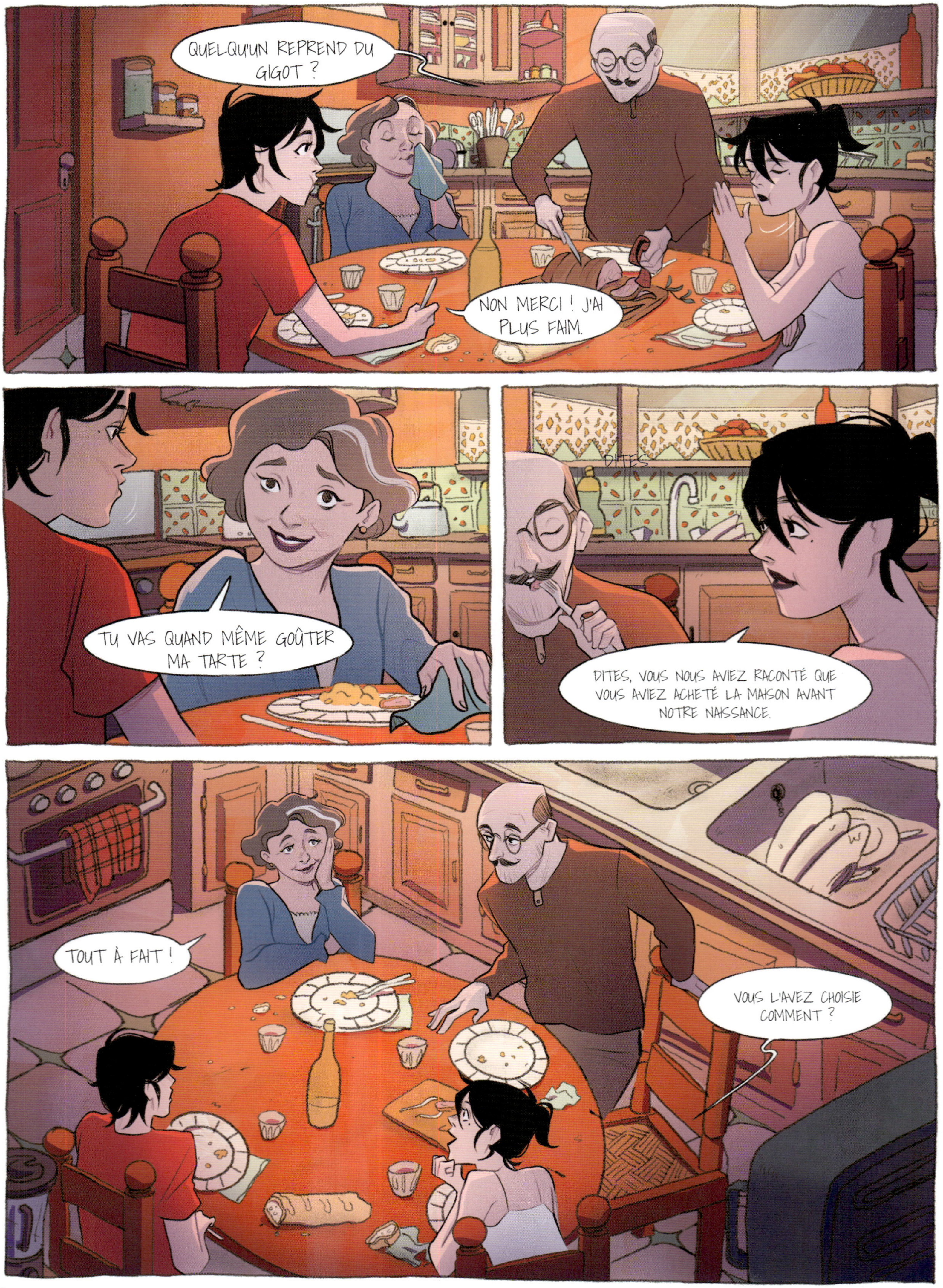
QUELQU'UN REPREND DU GIGOT ?
NON MERCI ! J'AI PLUS FAIM.
TU VAS QUAND MÊME GOÛTER MA TARTE ?
DITES, VOUS NOUS AVIEZ RACONTÉ QUE VOUS AVIEZ ACHETÉ LA MAISON AVANT NOTRE NAISSANCE.
TOUT À FAIT !
VOUS L'AVEZ CHOISIE COMMENT ?

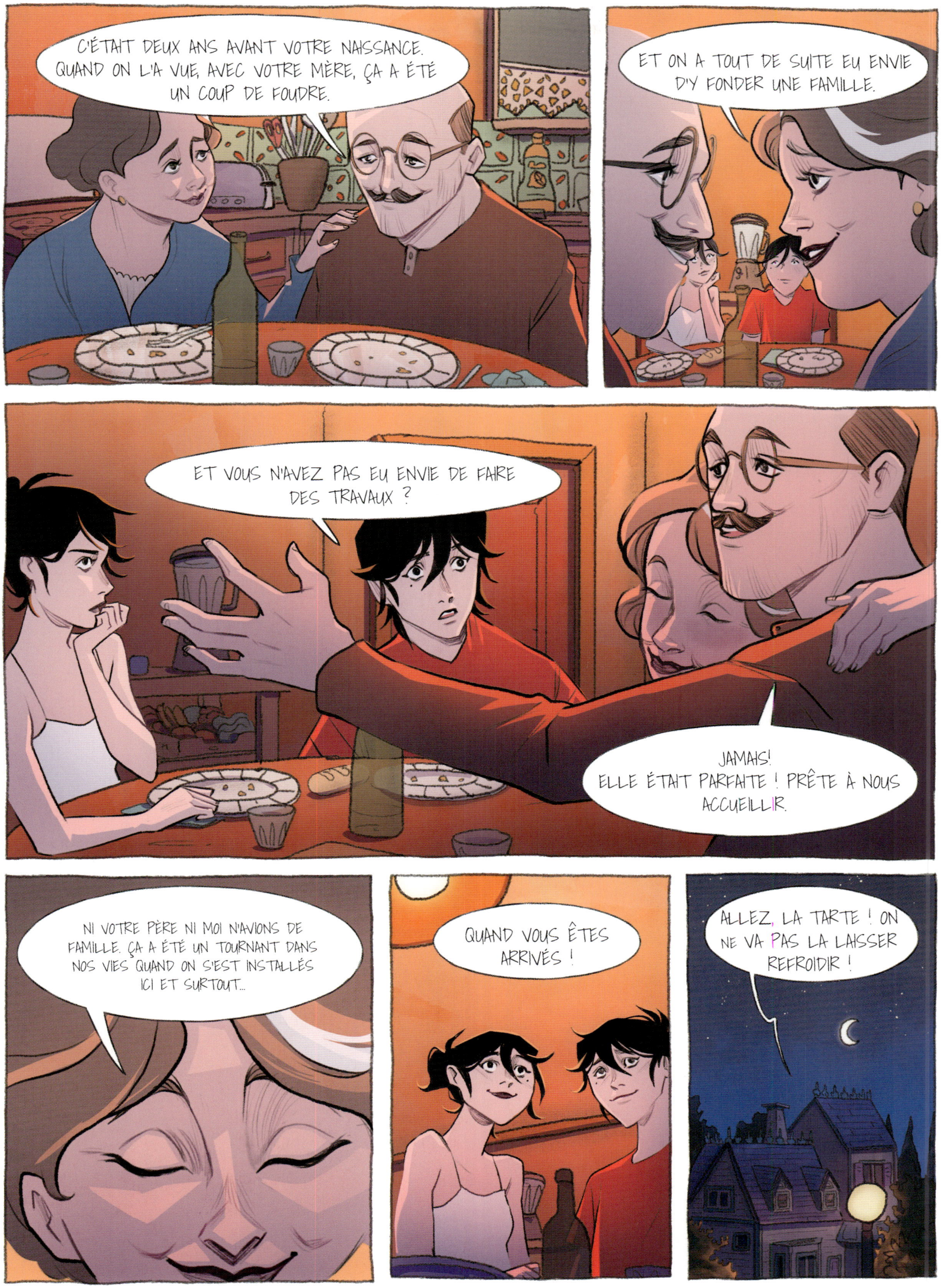
C'ÉTAIT DEUX ANS AVANT VOTRE NAISSANCE. QUAND ON L'A VUE, AVEC VOTRE MÈRE, ÇA A ÉTÉ UN COUP DE FOUDRE.
ET ON A TOUT DE SUITE EU ENVIE D'Y FONDER UNE FAMILLE.
ET VOUS N'AVEZ PAS EU ENVIE DE FAIRE DES TRAVAUX ?
JAMAIS! ELLE ÉTAIT PARFAITE ! PRÊTE À NOUS ACCUEILLIR.
NI VOTRE PÈRE NI MOI N'AVIONS DE FAMILLE. ÇA A ÉTÉ UN TOURNANT DANS NOS VIES QUAND ON S'EST INSTALLÉS ICI ET SURTOUT...
QUAND VOUS ÊTES ARRIVÉS !
ALLEZ, LA TARTE ! ON NE VA PAS LA LAISSER REFROIDIR !

ZZzzz
RÉVEILLE-TOI !!!!
QU...
J'ARRIVE PAS À DORMIR.
JE REPENSE À CE QUE NOUS A DIT PAPA AU DÎNER.
QUOI ?
SUIS-MOI.

PAPA A DIT QU'ILS AVAIENT EMMÉNAGÉ AVANT NOTRE NAISSANCE.
OUAIS, DEUX ANS AVANT.
JE SUIS PRESQUE SÛRE D'AVOIR VU...

PAR LÀ !
UN CALENDRIER DE 2007 !
AOÛT 2007
ON AVAIT 2 ANS EN 2007...
C'EST TROP BIZARRE...

AOÛT 2007
RDV médecin
Famille à la maison
VACANCES
Reprise
Balade en forêt avec les enfants
IL Y A DES CHOSES NOTÉES SUR LE CALENDRIER... ET C'EST PAS L'ÉCRITURE DE PAPA ET MAMAN
PLUS RIEN APRÈS LE 16 AOÛT 2007.
AOÛT 2
Vendredi
Samedi
ÇA VEUT DIRE QU'IL APPARTIENT AUX ANCIENS PROPRIÉTAIRES. MAIS QU'IL DATE D'APRÈS L'ARRIVÉE DE NOTRE FAMILLE ICI ? COMMENT C'EST POSSIBLE ?
TU SAIS QUOI, DEMAIN, APRÈS LES COURS, ON VA À LA BIBLIOTHÈQUE POUR ENQUÊTER.

BIBLIOTHEQUE
TU VAS VÉRIFIER LES CADASTRES ET, MOI, JE VAIS CHECKER LES VIEILLES ÉDITIONS DU READER BLEAK, LE JOURNAL DE LA VILLE.
LES CADASTRES ?
C'EST LES PLANS DE TOUS LES BÂTIMENTS D'UNE VILLE. TU AS LEURS DATES D'ACHAT
OK, OK.

ÇA DEVRAIT ÊTRE PAR LÀ...
ARCHIVES 1995
ADER BLEAK 2010
JE PEUX VOUS AIDER ?

BONJOUR… JE CHERCHE UN NUMÉRO DE 2007, LA SEMAINE DU 16 AOÛT.
NOUS NE GARDONS PAS DES ÉDITIONS AUSSI VIEILLES… DÉSOLÉ. LE PAPIER JOURNAL S'ABÎME AVEC LE TEMPS…
MERDE…
MAIS VOUS AVEZ DE LA CHANCE… J'AI DES ARCHIVES INFORMATISÉES… LAISSEZ-MOI VOTRE E-MAIL ET JE VAIS VOUS TROUVER ÇA.
ANNE RICE
ÇA VA JUSTE ME PRENDRE QUELQUES HEURES.
OH !!
MERCI BEAUCOUP !!
MAIS AVEC PLAISIR MA CHÈRE… LA MÉMOIRE DE CETTE VILLE EST PRÉCIEUSE !

AH ! TU AS TROUVÉ ?
PAS ENCORE, MAIS JE VAIS RECEVOIR LE READER BLEAK PAR E-MAIL... D'ICI CE SOIR OU DEMAIN ! ET TOI ?
MOI J'AI TROUVÉ LE CADASTRE DE NOTRE MAISON ! ET... TOUT EST EN ORDRE. NOS PARENTS ONT BIEN ACHETÉ LA MAISON EN 2005 DEUX ANS AVANT NOTRE NAISSANCE.
C'EST VRAIMENT BIZARRE.
CE DOCUMENT CERTIFIE QUE LA MAISON CONSTRUITE AU 13 AVENUE DU CORBEAU A ÉTÉ ACHETÉE LE 14 FÉVRIER 2005 PAR YVES RIZEAUX ET NICOLE RIZEAUX AUPRÈS DE MADAME ESTELLE BERUT JUSQU'ICI PROPRIÉTAIRE.
LA TRANSACTION A EU LIEU DEVANT NOTAIRE ET NE PRÉSENTAIT AUCUNE IRRÉGULARITÉ.
COMMENT LE CALENDRIER A PU SE RETROUVER LÀ..
FRANCHEMENT, ON S'EN FOUT. C'EST JUSTE DES VIEILLERIES QUI TRAÎNENT.
ON VA OUVRIR LA BOÎTE EN MÉTAL...

ON EST RENTRÉS !
ÇA A ÉTÉ L'ÉCOLE ?
NICKEL !
ON MONTE FAIRE NOS DEVOIRS !
SUZAN
SUZAN
!

DÉBROUILLE-TOI POUR OUVRIR LA BOÎTE. JE VIENS DE RECEVOIR UN MAIL DE LA BIBLIOTHÈQUE.
ÇA DOIT ÊTRE LE READER BLEAK.
PARFAIT.
HMPH ...
C'EST BON C'EST OUVERT SUZAN !

READER BLEAK
N°76
LE QUOTIDIEN DE NOTRE CHARMANTE VILLE
22 AOÛT 2007
SUZAN ?
DEUX CADAVRES RETROUVÉS DANS LE LAC
CE MATIN, DEUX CORPS SANS VIE ONT ÉTÉ RETROUVÉS À LA SURFACE DU LAC, AUX ABORDS DE LA FORÊT. LES DEUX CADAVRES ÉTAIENT EN TRÈS MAUVAIS ÉTAT ET ONT PASSÉ, SELON LA POLICE, ENVIRON UNE SEMAINE DANS L'EAU.
LA PISTE CRIMINELLE EST PRIVILÉGIÉE ET LE DÉPARTEMENT D'ANALYSES MÉDICO-LÉGALES A DATÉ LE MEURTRE AU 16 AOÛT.
UN NOUVEAU BURGER EN VILLE !
VENEZ DÉCOUVRIR BONY'S BURGER ET SON ICONIQUE «BURGER DE LA MORT !»
"D'APRÈS LES VÊTEMENTS RETROUVÉS, LES VICTIMES SONT UN HOMME ET UNE FEMME."
RÈGLE BONY #3
LES BONNES FRITES DE BONY

... POUR MOI,
URTRE. ET LE MEURTRI
PAS ASSEZ LESTÉ LES CORPS...
“D'APRÈS LES VÊTEMENTS RETROUVÉS, LES VICTIMES SONT UN HOMME ET UNE FEMME.”
QU'EST-CE QUE ÇA VEUT DIRE ???
CES VÊTEMENTS...
QUOI...?
JE RECONNAIS CES VÊTEMENTS...
REGARDE, LA PHOTO DERRIÈRE TOI...
J'AI BLOQUÉ DESSUS LA PREMIÈRE FOIS QU'ON EST VENUS ICI

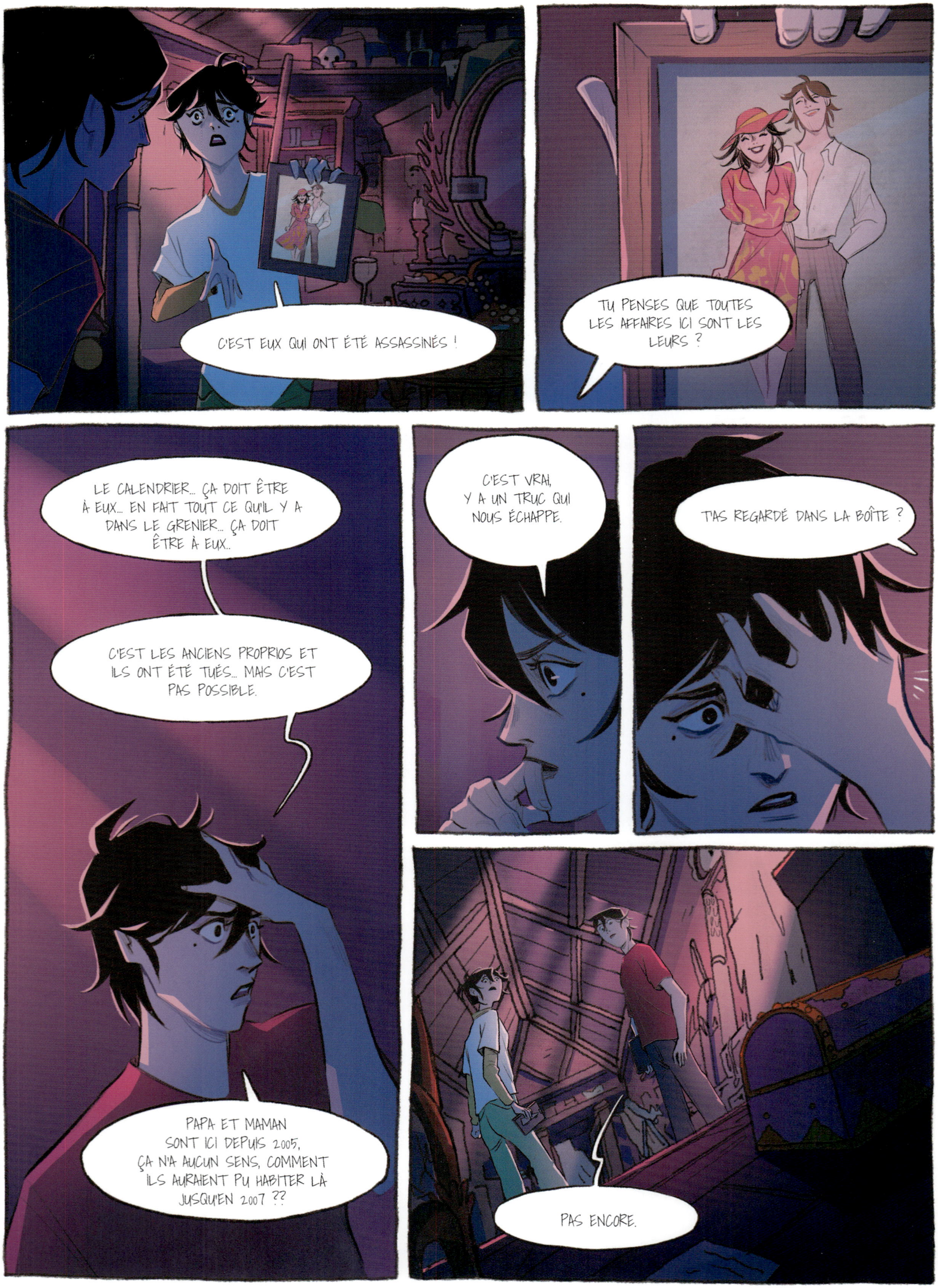
C'EST EUX QUI ONT ÉTÉ ASSASSINÉS !
TU PENSES QUE TOUTES LES AFFAIRES ICI SONT LES LEURS ?
LE CALENDRIER... ÇA DOIT ÊTRE À EUX... EN FAIT TOUT CE QU'IL Y A DANS LE GRENIER... ÇA DOIT ÊTRE À EUX..
C'EST LES ANCIENS PROPRIOS ET ILS ONT ÉTÉ TUÉS... MAIS C'EST PAS POSSIBLE.
PAPA ET MAMAN SONT ICI DEPUIS 2005, ÇA N'A AUCUN SENS, COMMENT ILS AURAIENT PU HABITER LÀ JUSQU'EN 2007 ??
C'EST VRAI, Y A UN TRUC QUI NOUS ÉCHAPPE.
T'AS REGARDÉ DANS LA BOÎTE ?
PAS ENCORE.

PUTAIN...
C'EST NOUS, AVEC CES GENS...
SIMON
30/01/2005
SUZAN
30/01/2005
SUZAN & SIMON
NÉS LE 30 JANVIER 2005 !
ATTENDS...
LES ANCIENS PROPRIÉTAIRES... SONT NOS PARENTS ?
ET ILS SONT... ILS SONT MORTS...

MAIS... SI NOS VRAIS PARENTS SONT CES GENS... ET QUE C'EST LEUR MAISON...
C'EST PAS POSSIBLE, SUZAN.
AVEC QUI ON A GRANDI DEPUIS TOUT PETITS ?
MES SOURIS...?

À TABLE !